Bu kitap

Maudie, Barclay,

Mandu ve

Laika'ya ithaf edilmiştir...

ЛАЙКА = Laika
okunuşu: Layka

Bu kitap, 2013 yılında Laika The Astronaut Dog adıyla Templar Publishing tarafından yayımlanmıştır.

Yazan ve Resimleyen: Owen Davey, ©2013

Çeviren: Gökçe Gökçeer

Grafik Uygulama: Ecem Sekban

1. Baskı: Haziran 2017

ISBN: 978-605-67135-3-8
Yayınevi sertifika no: 34255

Baskı ve Cilt
Acar Basım ve Cilt Sanayi Tic. A.Ş.
Beysan Sanayi Sitesi Birlik Cad. Acar Binası No: 26
34524 Haramidere, Beylikdüzü - İstanbul
T: 0212 422 18 00
Matbaa sertifika no: 11957

Bir Kitap Yolla, MEAV yayıncılığın tescilli markasıdır.
Cemil Topuzlu Cad. Enver Bey Apt. B Blok 58/2
34728 Göztepe, Kadıköy - İstanbul
T: 0216 355 44 04 F: 0216 355 41 46
E: info@meav.org.tr

bir kitap yolla

OWEN DAVEY
LAIKA

Laika, Moskova sokaklarında dolaşan
bir sokak köpeğiydi.
Bir ailesi ve yuvası yoktu.

Laika yapayalnızdı.

Geceleri yıldızlara bakıp dilek tutardı.
Onu çok sevecek bir ailesi olmasını isterdi.

Derken biri Laika'nın tek başına olduğunu fark etti ve onun çok özel bir görev için mükemmel olacağına karar verdi.

Bir grup bilim insanı onu yeni uzay araçlarında denemek istedi. Laika çok sıkı çalıştı ve sonuca ulaşana kadar sık sık test edildi.

Laika uzaya gitmeye hazırdı. Roketine bindi ve beklemeye başladı.

10... 9... 8... 7... 6... 5... 4... 3... 2... 1...

CCCP

★ ROKET FIRLATILDI!

00:0

Laika yıldızlara doğru yaklaşırken,
tüm dünya onu izliyordu.

Laika'nın uzay aracı Dünya'nın etrafında döndü. Artık herkes onu tanıyordu, ama o kendini her zamankinden daha yalnız hissediyordu.

Birden roketi garip sesler çıkarmaya başladı.
Bir şeyler ters gidiyordu.

00:

Bu sırada, kontrol merkezindeki ekranlar karardı.
Dünya üzerindeki herkes,
Laika'nın kaybolduğunu düşündü.

İlerleyen yıllarda insanlar onun hakkında kitaplar yazdılar, üzerinde resmi bulunan pullar hazırladılar, hatta heykelini bile yaptılar.

İnsanlara uzaya seyahat etmenin yolunu açan bu küçük ve cesur köpek hiç unutulmayacaktı.

Ama Laika, aslında hiç kaybolmamıştı.
Bulunmuştu!

Her zaman düşlediği o sevgi dolu aile tarafından,
parçalanmış uzay aracından kurtarıldı...

...ve yaşadığı o yapayalnız hayattan
çok uzaklara götürüldü.

Yazarın notu:

Laika, 3 Kasım 1957'de Sputnik 2 roketiyle uzaya fırlatıldığında, Dünya'nın yörüngesi etrafında dönen ilk hayvan oldu. Laika'nın bu yolculuğu, insanlar için yol göstericiydi.

Birkaç saat sonra uzay aracı bozuldu ve birçok kişi Laika'nın kaybolduğunu düşündü. Ben, gerçek bir kâşife yaraşır şekilde mutlu sonla bitirmeyi tercih ettiğim bu hikâyeye inanıyorum.